Têtes de citrouille

Gail Herman
Illustrations de Duendes del Sur
Texte français de France Gladu

Éditions
SCHOLASTIC

 Copyright © 2006 Hanna-Barbera.
SCOOBY-DOO et tous les personnages et éléments qui y sont associés sont des marques de commerce et © de Hanna-Barbera.
WB SHIELD : ™ et © Warner Bros. Entertainment Inc.
(s06)

Copyright © Éditions Scholastic, 2006, pour le texte français.
Tous droits réservés.

Illustrations : Duendes del Sur.

ISBN 0-439-94168-7
Titre original : Scooby-Doo! The Thanksgiving Mystery

Édition publiée par les Éditions Scholastic,
604, rue King Ouest, Toronto (Ontario) M5V 1E1.

5 4 3 2 1   Imprimé au Canada   06 07 08 09

Scooby, Sammy et leurs amis doivent préparer leur repas de l'Action de grâce.

— Nous devons aller chercher de la nourriture, dit Véra.

— Alors qu'est-ce qu'on fait ici?

— Nous allons chercher des légumes frais
à la ferme! répond Daphné.

— R'es r'égumes? dit Scooby en faisant
la grimace.

— Ne t'en fais pas, chuchote Sammy.
Il y a peut-être une pizzeria tout près.

Fred, Daphné et Véra sautent hors de la Machine à mystères. Sammy et Scooby avancent à pas t-r-è-s l-e-n-t-s, jusqu'à ce que...

— Hé! regardez! s'écrie Sammy. Un concours de mangeurs de tartes!

CONCOURS DE MANGEURS DE TARTES À LA CITROUILLE

— Je sens qu'on va bien s'amuser! dit Véra.

— Mais le concours a lieu derrière la ferme, ajoute Daphné, au pied de cette colline, de l'autre côté des champs de citrouilles et des potagers.

— Cueillons d'abord nos légumes, propose Fred.

Fred, Véra et Daphné examinent les laitues et les courges.

— On peut y aller maintenant? grogne Sammy. On traîne ici depuis au moins *cinq* minutes!

Fatigué d'attendre, Sammy pousse Véra du coude.
— Ahhhhh! hurle-t-il aussitôt.
— R'ahhhh! hurle Scooby à son tour.
Véra a disparu. Un horrible monstre à tête de citrouille a pris sa place!

— Véra! s'écrie Sammy. Qu'est-ce qui t'arrive?
La tête de citrouille ne répond pas. Elle
allonge un bras tout raide…

Sammy s'agrippe à Scooby. Scooby s'accroche à Sammy.

— R'au r'ecours! aboie Scooby.

— Ouais, c'est ça! crie Sammy.

Ils se précipitent vers Fred.

Mais Fred n'est plus là.
— Il s'est changé en tête de citrouille
comme Véra! hurle Sammy.

— R'aphné! gémit Scooby.
Mais Daphné s'est elle aussi
transformée en tête de citrouille.

Les têtes de citrouille se rapprochent et
s'agitent. Leurs bras se tordent et se tendent
vers les deux amis.

Sammy et Scooby cherchent à s'enfuir. Des plantes à longues tiges s'enroulent autour d'eux. Leurs jambes se prennent dans des tuyaux d'arrosage.

— Sapristi! s'écrie Sammy. Ces trucs sont vivants!

Sammy et Scooby finissent par piquer du nez, au beau milieu d'un carré de citrouilles!

Ils se relèvent vite.

— Que se passe-t-il? murmure Sammy, encore sous le choc.

Sa voix lui semble étrange, caverneuse.
Il regarde Scooby et pousse un cri.

Il pointe le doigt vers Scooby et se met à hurler. Les voilà, eux aussi, devenus des monstres à tête de citrouille!

Les amis déboulent la colline, l'un après l'autre.

— Attention en bas, nous voici! crie Sammy.

Boum! Ils atterrissent sur une longue table, Sammy à un bout et Scooby à l'autre. Ils glissent jusqu'au centre de la table. *Plaf!* Ils s'arrêtent.

Scooby et Sammy ont eu peur. Ils sont affamés. Ils avalent plein de tartes à la citrouille.

Lorsqu'ils ont fini de manger, ils se relèvent.

— Nous avons des spectateurs, Scooby, dit Sammy.

— R'aphné, R'elma, R'ed! s'écrie Scooby.

— Vous avez repris votre forme humaine! dit Sammy.

— Vous étiez debout près des légumes, raconte
Sammy, et, un instant plus tard, d'affreux monstres
à tête de citrouille vous avaient remplacés.

— Les têtes de citrouille étaient déjà dans le
potager! dit Véra en riant.

— Vous ne les avez pas vues parce que Fred, Daphné et moi nous tenions debout devant elles! ajoute-t-elle. Mais lorsque le fermier nous a demandé d'être les juges de son concours, nous avons dû partir à la hâte. Nous n'avons pas eu le temps de vous prévenir.

— Vous avez dû croire que nous avions disparu et que les têtes de citrouille avaient pris notre place! poursuit Daphné.

— Mais elles cherchaient à nous attraper! proteste Sammy.

— Le vent souffle fort, aujourd'hui, dit Véra en secouant la tête. Il a dû faire bouger les bras des têtes de citrouille.

— Et tous ces tuyaux et ces plantes?
demande Sammy. Ils essayaient de s'enrouler
autour de nous!

— Vous couriez si vite que vous trébuchiez,
dit Véra. Et votre imagination a fait le reste.

—Ah oui? dit Sammy en donnant un coup sur sa tête de citrouille. Et ça, c'est encore mon imagination, je suppose?

Fred retire la citrouille qui couvre la tête de Sammy.

—Vous avez dû tomber tête première dans ces citrouilles d'Halloween, dit Véra.

— Ouais, dit Sammy.

Il se rappelle maintenant que Scooby et lui ont plongé dans le carré de citrouilles.

— Merci de ces explications, poursuit-il. Mais dites donc, qui a gagné le concours du plus gros mangeur de tartes?

— Mais c'est vous deux, bien sûr! dit Daphné. Et voici votre prix!

Scooby ouvre des yeux effrayés. Sammy blêmit.

— C'est un autre monstre à tête de citrouille! Et un vrai! hurle-t-il.

Sammy et Scooby s'enfuient à toute vitesse.

— Attendez! leur crie Daphné. C'est
le fermier qui vous apporte votre prix :
une citrouille géante!

Mais Sammy et Scooby sont déjà loin. Ils traversent la route en courant, puis tournent au coin… et arrivent juste devant un stand à pizza.

— Enfin! soupire Sammy. Le repas de l'Action de grâce!

— R'heureuse fête de l'Action de grâce!